...ENSION HOOK-AND-LADDER TRUCK.

...ie Fire Department.

...istory of Its Growth from a Volunteer Bucket Brigade to a Paid System.

Ample for Every Emergency—Names of Its Past Chiefs and Present Membership.

P RIOR to 1826 the citizens of Erie had no protection against fire. In February of that year "Active" Fire company was organized Nearly all the able-bodied men in the place were enrolled as members, and R. S. Reed was the first chief engineer. Buckets were used at first. In 1839 a small hand fire engine was purchased from the Pittsburg fire department and used for several years In 1837 a rival company, called the "Red Jackets," was formed. In 1839 two companies. the "Perry" and the "Eagle," were organized. In 1841 the "Mechanics" made their first appearance at a fire. In 1848 the "Vulcan" was formed. The "Phœnix" hook and ladder company came out in 1852. The Parade Street Company was formed in 1861.

The first city fire organization with general officers was formed in 1851, but was not very effective until 10 years later, when a third-class Amoskeag steamer was purchased. As the population increased and disastrous fires became more numerous, the people became clamorous for a more efficient fire organization, which was finally affected.

Erie now has one of the best organized, best disciplined and most efficient fire depart-

Continued on page 19.

THEODORE SPIDERWICK, Age 10

Local Boy Lost

AUTHORITIES CONFIRM LOST LAD WAS ANOTHER VICTIM OF BEAR ATTACK

T HE Springfield police department has confirmed that ten-year-old Theodore Spiderwick, missing since early last Thurday evening, is yet another victim of the bear attacks that have now claimed the lives of at least three other children.

The boy's younger brother, Arthur, age 8, was witness to the heinous attack and claimed the bear "was at least seven feet tall, with huge fangs and looked like a troll."

When asked to comment on the young boy's statement, officer K. L. Lewis mentioned that " the lad seemed to be severely affected and distressed" and that his "imagination must be running wild with all of the confusion and speculation surrounding his older brother Theodore's disappearance."

Officer Lewis also commented that the community should be asked to "keep a watchful

Continued on page 19.

闯入精灵王国

发现显形怪石

[美]霍莉·布莱克／著

[美]托尼·迪特里兹／绘

张子漠／译

时代出版传媒股份有限公司
安徽少年儿童出版社

著作权登记号：皖登字12151474号

Copyright © 2003 by Tony DiTerlizzi and Holly Black

Chinese language (simplified characters) copyright ©2014 by Shanghai Cai Qin Ren Culture Diffusion Co., LTD and Anhui Children's Publishing House

Original English language copyright Published by arrangement with Simon & Schuster Books For Young Readers, an imprint of Simon & Schuster Children's Publishing Division

中文简体字版由上海采芹人文化传播有限公司授权安徽少年儿童出版社独家出版

图书在版编目（CIP）数据

发现显形怪石／（美）霍莉·布莱克著；（美）托尼·迪特里兹绘；张子漠译. —合肥：安徽少年儿童出版社，2017.9
（闯入精灵王国）
ISBN 978-7-5397-9708-3

Ⅰ．①闯… Ⅱ．①霍… ②托… ③张… Ⅲ．①儿童小说－科学幻想小说－美国－现代 Ⅳ．①I712.84

中国版本图书馆CIP数据核字（2017）第191666号

CHUANGRU JINGLING WANGGUO FAXIAN XIANXING GUAISHI

闯入精灵王国·发现显形怪石

［美］霍莉·布莱克　著
［美］托尼·迪特里兹　绘
张子漠　译

出 版 人：张克文　　　　　　　　　　总 策 划：上海采芹人文化
策划统筹：王慧敏　宣晓凤　　　　　　责任编辑：宋丽玲　　　　责任校对：于 睿
特约编辑：陈 洁　徐艳华　　　　　　责任印制：田 航
出版发行：时代出版传媒股份有限公司 http://www.press-mart.com
　　　　　安徽少年儿童出版社 E-mail：ahse1984@163.com
　　　　　新浪官方微博：http://weibo.com/ahsecbs
　　　　　腾讯官方微博：http://t.qq.com/anhuishaonianer（QQ:2202426653）
　　　　　（安徽省合肥市翡翠路1118号出版传媒广场　邮政编码：230071）
　　　　　市场营销部电话：（0551）63533532（办公室）　　63533524（传真）
　　　　　（如发现印装质量问题，影响阅读，请与本社市场营销部联系调换）
印　　制：合肥华星印务有限责任公司
开　　本：787mm×1092mm　1/32　　印张：4.125　　插页：4　　字数：48千
版　　次：2017年10月第1版　　　　2017年10月第1次印刷

ISBN 978-7-5397-9708-3　　　　　　　　　　　　　　定价：15.00元

谨以此书献给我的祖母枚尔薇娜，

您一直谆谆教诲，嘱托我写出一本这样的书来，

可我却一直未能答应您。

——H.B.

谨向亚瑟·雷克汉姆致敬，

希望您像激励我一样，

继续激励他人。

——T.D.

亲爱的读者：

你看过这套幻想小说吗？如果没看过，我建议你补上。

请一定补上，特别当你还是一个孩子的时候。

别留下一生的遗憾。

不是说它比所有的幻想小说都好看（它也确实足够好看），而是它比所有的幻想小说都特别。

首先，它的插图特别多，我数过了，隔上两三页就是一幅或大或小的插图，而且它不像别的幻想小说那样，插图都是由可能连作家都不认识的画家后来插进去的（要不怎么会叫插图呢），它从一开始，就是由作家和画家联手创造出来的。我甚至相信，作家和画家就坐在同一张桌子前边，作家神采飞扬地写上一段文字，画家接过来，神采飞扬地画上一幅图画，然后作家再接过来，神采飞扬地写上一段文字，画家再……要不，它的图文怎么会密不可分呢？正因为有了这些插图，让你在看它的时候，才会产生一种宛如在看一部幻想电影的感觉（现在你知道为什么我一开头不说"读"而说"看"了吧？）。

还有，别看它一共有五本，但每一本都很薄，而且还故意不把故事讲完，每一本都是刚讲到节骨眼儿上，嘎巴一下就结束了，就是好像把一个好端端的故事硬生生地切成了五半。其实，它完全是可以做成一本厚厚的大书的。这也是它的一个创意，它让你一个小时就能读完一本，五个小时读完五本，有一种特别丰盈的成就感。

我是真心诚意地喜欢这套幻想小说，喜欢它已经有许多年了，不仅是因为它讲了一个非逼着你一口气看完的精灵故事，还因为它就发生在我们的家门口，一点都不遥远，透着一股温暖而又感人的手足情和母子情……

你还犹豫什么呢，看吧，看上五个小时，好好地过一把书瘾！

对了，我还要再补充一句，这套书还确实被改编成了电影。不过我可以发誓，电影绝对没有书好看。为什么呢？因为电影至少删掉了三分之二的故事。

幻想小说作家 刘虎

2014.8.25

亲爱的读者：

托尼与我是多年的朋友。自孩提时代起，我们便相互分享着有关于精灵的故事。我们从未意识到这一相同爱好的重要性，或是这些经历将会受到什么考验。

有一天，托尼和我——同另外几名作者一起——在一家大型书店中举办签名会。签售结束后，我们留在那儿，一边帮着整理书籍，一边闲聊，直到店员走近我们。他说有人给我们留了一封信。当我询问他是留给我们中的哪位时，他的回答让我们有些意外。

"给你们俩的。"他说。

那封信的内容就原原本本地印在下一页。托尼久久凝视着那份随信寄来的复印稿，看得入了神。随即，在沉默过后，他表示很想看看其余的原稿。我们匆匆忙忙写了一张字条，塞进原来的信封，并让那名店员投递给格雷斯家的孩子们。

不久之后，一个系着红色缎带的包裹出现在我家门前的台阶上。又过了几天，三个孩子按响了门铃，同我讲了这个故事。

随后发生的事很难一一描述。托尼和我一头扎进了一个之前连我们自己都不太相信的世界之中。此时我们才了解到，精灵并不是只出现在童话故事中。在我们周围，隐藏着一个不可思议的世界，而我们希望您，亲爱的读者，睁大双眼瞧瞧吧。

HOLLY BLACK

霍莉·布莱克

亲爱的迪特里兹先生、布莱克夫人：

我知道许多人都不相信精灵的存在，但我相信，而且我觉得你们也相信。在看了你们的书之后，我跟弟弟们提到了你们的事，并且决定给你们写信。我们见过真正的精灵。事实上，我们知道很多关于精灵的事情。

随信附上的影印稿①，是一本旧书里的一页，我们在阁楼上发现了这本书。因为复印机遇到了些故障，所以复印件看起来或许有点糟糕。那本书能教你如何辨识精灵，以及如何防御它们。你们可以把这本书交给出版商吗？要是可以的话，请将回信放在这个信封里，然后把它交还给书店店员。我们会想办法把书送到你们手上的。常规邮寄实在是太不安全了。

我们只想让大家知道这些事，因为发生在我们身上的事情，也可能在其他人身上重演。

向你们致敬。

玛洛莉、杰罗德和西蒙

---

① 这张纸上的内容有点危险，因此未附在《闯入精灵王国》系列小说书里。

插图目录

目 录

闽人精灵王国

此刻，这地方就同杰罗德的心情一样，好不到哪儿去。

第一章

地精初现

晚班车将杰罗德·格雷斯放在了街尾。从此处往上再走一段路，便是那栋废弃的老宅。看来，在妈妈找到更好的地方，或是他那又老又疯的姨婆将这套房子收回之前，他们一家人得在这儿住上一段时间了。大门两旁，树叶低垂，金红相间，让那灰白的屋瓦愈发显得凄凉。此刻，这地方就

同杰罗德的心情一样，好不到哪儿去。

直到现在，他都不敢相信自己竟然被罚留校了。

并不是说他不想同其他孩子好好相处，只是他不擅长而已。今天的事就是一个活生生的例子。当然了，老师讲课时他是在画一只棕仙来着，但那并不等于说他没有专心听讲——或多或少在听。可她也用不着将他的画拿到教室前面去，展示在众目睽睽之下啊。若非那样，孩子们随后也就不会没完没了地过来烦他了。结果，在他自己都还没反应过来的时候，他就已经把某位同学的笔记本给撕成两半了。

他原本一直期望这种情形能在这个学校**有所改善**。然而自从父母离婚之后，情况就每况愈下，变得更加糟糕。

杰罗德走进厨房。他的孪生弟弟西蒙正坐在

老旧的餐桌前，面前放着一碟不曾被动过的牛奶。

西蒙抬头看了看："你看到提布斯了吗？"

"我刚到家。"杰罗德走到冰箱前，喝了一大口苹果汁。冰凉的液体一入肚，他不由得头疼了起来。

"哦，那你在外面看到它了吗？"西蒙追问道，"我到处都找过了。"

杰罗德摇了摇头。他丝毫不关心那只愚蠢的小猫。它不过是西蒙的众多宠物之中的又一个新成员。家里不过又多了一只你越是忙碌它越是求你摸摸或是给点吃的，要不就跳到你膝盖上来的小东西。

杰罗德不明白自己和西蒙为何如此不同。在电影中，同卵双生的兄弟都有一种很酷的能力，只需一个眼神，便能对彼此的心意心领神会。而他的真实感觉却是，现实中的孪生兄弟，除了穿同一尺码的裤子之外，再无其他相似之处。

他们的姐姐玛洛莉从楼梯上咯噔咯噔走了下来，她背着一个大大的书包，包口露出几把剑柄。

"嘿，被罚留校了？好样的啊，傻小子。"玛洛莉说着，将那包甩上肩头，朝着后门走去，"不过，好在这次没有谁的鼻梁再遭殃啦。"

"嘿，被罚留校了？好样的啊，傻小子。"

"别告诉妈妈，好不好，玛洛莉？"杰罗德恳求道。

"随便。反正她迟早会知道的。"玛洛莉耸耸肩，朝着屋外的草坪走去。很显然，新击剑队的成员比以前那些人上进多了，所以玛洛莉只要一有空便会练剑，都有点儿强迫症了。

"我想去亚瑟的书房。"杰罗德说着，朝楼梯走去。

"可你必须得帮我找提布斯。我等你回家，就是为了让你帮我。"

"我的字典里没有'**必须**'两个字。"杰罗德一步跨上了两级楼梯。

来到楼上的客厅，他拉开壁橱的门走了进去。在一堆卫生球以及泛黄的布匹后面，便是通向那间密室的门。

光线异常昏暗，一扇孤零零的窗户浅浅地点

亮了这个到处散发着霉味和尘土气息的小屋。墙壁前靠着一排排书架，上面挤满了各种破旧的图书；一张硕大的书桌盘踞在屋子另外一侧，上面摆满了各种老旧的纸张和玻璃制成的瓶瓶罐罐。这便是曾外祖父亚瑟的秘密书房，也是杰罗德最喜欢

的地方。

杰罗德回头瞥了一眼挂在入口旁的肖像画，只见上面的亚瑟·斯派德威克正将眼睛半藏在一副又小又圆的眼镜镜片后面，向下窥视着他。画面上的亚瑟看起来并没那么老，但双唇紧抿，表情显得有些僵硬，看起来绝对不是那种能够相信精灵存在的人。

打开书桌左手边的第一个抽屉，杰罗德摸出一本用布包好的《**亚瑟·斯派德威克：你身边的奇幻世界图鉴**》。这本书是几星期前才找到的，不过杰罗德已经将它当成**自己的**东西了。在大部分时间里，他都和它形影不离，有时甚至连睡觉时也要将它压在枕头下面。他原本还想带着它去上学，但又怕会被人夺走。

墙内传来了隐约的声响。

"辛伯莱泰克？"杰罗德轻声呼唤道。

家里的这个棕仙一直神出鬼没。

杰罗德将那本书放在了他最新的杰作——爸爸的肖像画旁边。没人知道他正在练习画画，就连西蒙也不例外。他画得并不好——甚至还有些糟糕。不过，那本图鉴本来就是用来把东西的样子画下来的，想要记录得好，他就必须学会画画。可在经历了今天的丢脸事件之后，他有些懒得动，他甚至很想将爸爸的肖像画撕成碎片。

"邪恶气息当头罩，"一个声音在杰罗德耳畔说道，"某人可要当心了。"

他猛地转过身，只见一个深棕色的小人穿着一件布娃娃尺寸的衬衫和一条用短袜改成的工装裤，站在同杰罗德目光持平的一格书架上，手中抓着一段线头。书架顶上，一根闪闪发光的银针映入杰罗德的眼帘——想必，眼前这棕仙之所以能从书架高处荡下来，全靠它的支撑。

"辛伯莱泰克，"杰罗德问，"怎么啦？"

"兴许是坏的，兴许是好的。不管是怎样的，都是你应得的。"

"什么？"

"不听老人言，吃亏在眼前。不是不报，时候未到。"

"你又来了，"杰罗德说道，"那你剪了那条袜子来做工装裤，又得到什么报应了？别告诉我那是露辛达姨婆的。"

辛伯莱泰克的目光中闪过一抹异样的神采："先莫笑，先别乐，早晚让你知死活。"

杰罗德叹了一口气，走到窗前。他不希望自己再惹上什么麻烦。他向下看去，后院的景色尽收眼底。玛洛莉正在马车棚旁边持剑虚刺。一排厚木板圈成的栅栏将院子和树林隔了开来。西蒙正站在栅栏旁，将双手拢在嘴边，很有可能是在

呼唤那只愚蠢的小猫。再
远处，繁茂的林木阻隔
了杰罗德的视线。坡
下，一条高速公路
远远地切开了树林，
像是茂密的草丛中
的一条黑蛇。

　　辛伯莱泰克抓
着线荡到窗棂上，似
乎想要说什么，但却只
是半张着口，紧盯着窗外。最后，
他似乎终于把声音给找了回来："来者不善，善
者不来。地精地精，已到树林。警告已晚，眼看
玩完。"

　　"在哪儿？"

　　"栅栏边，看不见？"

辛伯莱泰克

13

杰罗德眯起双眼，朝着棕仙示意的那个方向凝神细看。西蒙一动不动地站在那儿，正以一种奇怪的姿势盯着草丛。随后，杰罗德惊骇地发现，弟弟开始挣扎，不停地扭动踢打着，可那儿却分明什么都没有。

"西蒙！"杰罗德试图推开窗子，但窗子却被钉死了，他只好擂着玻璃叫喊。

接着，西蒙摔倒在地，依然在和无形的敌人扭打着。片刻过后，他不见了。

"我什么也看不到了！"他朝着辛伯莱泰克叫道，"究竟怎么了？"

辛伯莱泰克那乌黑的眼珠闪闪发光："我忘了，你的眼睛看不见。不过，只要你听我的话，还是有办法的。"

"你说的是'目力'，对不对？"

棕仙点了点头。

14

"可我为什么能看到你，却看不到地精？"

"我们想让你看到，你便能看到，否则你什么都看不到。"

杰罗德一把抓起那本图鉴，飞快地翻了起来。书中那些素描、水彩画和曾外祖父潦草的笔记，他几乎烂熟于胸。

"这儿。"杰罗德说。

棕仙跳到了桌子边上。

杰罗德用手指着的那一页，记载着几种获得"目力"的方式。他飞速地浏览了一遍："红头发、生为七子之子、精灵的洗澡水？"他的目光停在了最后一条，然后抬头看着辛伯莱泰克，可那小棕仙却兴奋地指向了下面。那儿有一幅画，清晰地画着一块中空的石头，看起来像是一个石环。

"显形石在手，隐形妖怪无处走。"说完，辛伯莱泰克从桌上跳了下去，滑过地板，朝壁橱

那小棕仙却兴奋地指向了下面。

门奔去。

　　"我们已经没时间去找石头了。"杰罗德喊道。

可除了跟上去，他还能干什么呢？

四下充斥着汽油和霉菌的味道。

第二章

棕仙的刁难

　　辛伯莱泰克专挑阴凉处，蹦蹦跳跳地越过了草地，速度快得惊人。玛洛莉依然在那破旧的马车棚前练着剑，背后就是西蒙先前所站的地方。

　　杰罗德走到她背后，一把拉下她的耳机线。

　　她转过身来，剑尖直指他的胸膛："干吗？"

　　"西蒙被地精抓走了！"

玛洛莉眯起双眼，环视着草坪："地精？"

"快点行不行？"辛伯莱泰克的声音听起来像是尖锐的鸟叫，"时间不等人。"

"快。"小棕仙正等在马车棚旁边，杰罗德指了指那边，"得赶在它们抓住我们之前出发。"

"西蒙！"玛洛莉叫道。

"闭嘴。"杰罗德一把抓住她的胳膊，用力将她拉进马车棚，关上了房门，"它们会听到的。"

"谁会听到？"玛洛莉追问道，**"地精**？"

杰罗德没理会她。

两人还是头一次走进这个马车棚，只觉得四下充斥着汽油和霉菌的味道。一辆老旧的黑色轿车上盖着一张油布；墙壁前的架子上塞满了各种金属罐和玻璃瓶，里面装着棕黄色液体；屋内还有几个马厩，想必是多年前养马的地方；除此之外，一堆木箱和皮质行李箱占据了其中一个角落。

辛伯莱泰克纵身跳上一只油漆罐，指着那些箱子："快点！快点！它们一到，我们赶紧跑路！"

"要是西蒙真被地精给抓去了，那我们干吗还要在这些垃圾里浪费时间？"玛洛莉问。

"这个，"杰罗德说着，将那本书递到她面前，指着那块石头的图片，"我们要找这个。"

"噢，真棒！"她说道，"想要在这堆垃圾中把它给找出来，可真够容易的。"

"快点儿。"杰罗德说。

第一个箱子中摆放着一副马鞍、几副嚼子、几把木梳以及其他一些用来打理马匹的用具。要是西蒙在这儿，肯定会爱不释手的。杰罗德和玛洛莉一起打开了

下一个箱子，里边全是一些锈迹斑斑的工具。接着，他们又翻了翻另外几个箱子，里边装的全都是餐具，裹在脏兮兮的毛巾之中。

"露辛达姨婆肯定是那种从来都舍不得扔东西的人。"

"这儿还有一箱。"玛洛莉将一个小小的板条箱拖到自己弟弟的面前，叹了一口气。箱盖从满是尘土的滑动槽中滑开，露出了里边的报纸。

"看这些报纸多旧，"玛洛莉说道，"这张上面印着1910年。"

"我甚至都不知道1910年到底

有没有报纸。"杰罗德说道。

每一张皱皱巴巴的报纸当中所包的东西都不同。杰罗德打开其中一张，发现了一支双筒望远镜，又在另外一个纸包中找到了一个放大镜，放大镜下面的报纸印刷日期被放大。"这张是1927年的。上面的内容完全不一样。"

杰罗德又拾起另外一张："'女孩溺亡于枯井。'真是怪事。"

"嘿，看这个。"玛洛莉展开了其中一张，"1885年。'本地一男孩失踪。'上面说他被熊给吃了。快看幸存下来的那位的名字，是亚瑟·斯派德威克！"

"没错没错！就是他的东西！"辛伯莱泰克说着爬进了箱中。等到他再次现身时，手中拿着一只接目镜。杰罗德从未见过这么奇怪的东西。

接目镜刚好能够盖住一只眼睛，由可调节的

鼻夹托在脸上，此外还配备了两根皮绳和一条链子，四块金属夹板镶嵌在硬邦邦的棕色皮革之中。不过，其中最奇怪的零件还数那几块各自连着可动金属臂、具有放大功能的镜片。

辛伯莱泰克让杰罗德拿起那只接目镜，翻了过来。随即，他从背后摸出一块中间有洞的光滑石头。

"显形石！"杰罗德赶忙将手伸了过去。

辛伯莱泰克退后了几步："你得先证明自己能好好使用它，否则没门。"

杰罗德惊愕地瞪着他："我们没时间玩这种游戏。"

"不管你有没有时间，都必须证明自己只会把这块石头用在正道上。"

"我只是想用它去救西蒙，"杰罗德说道，"我会把它完完整整地还给你的。"

奇怪的接目镜

辛伯莱泰克挑了挑眉毛。

杰罗德又试了试："我发誓不会让任何人动它的——除了玛洛莉——嗯，还有西蒙。快点！当初可是你第一个提议来找这块石头的。"

"人类的孩子就像蛇，他们的誓言信不得。"

杰罗德眯起了双眼。他感觉到心底有一股无名怒火伴随着沮丧翻腾着。他握起拳头："把石头给我。"

辛伯莱泰克什么也没说。

"给我。"

"杰罗德！"玛洛莉警告他。

不过杰罗德没有听她的。他只觉得血往头上涌去，双耳嗡嗡直响，随即探出手去，一把抓住了辛伯莱泰克。那小棕仙在他手中拼命挣扎，随后突然变成了一条蜥蜴，又幻化成老鼠，一口咬住了杰罗德的手，接着又变成一条滑不溜秋的鳝鱼。不过，

杰罗德实在是比他大太多，手上抓得也紧。最后，

那块石头终于掉了下来，当啷一声落在了地板上。

杰罗德伸出一只脚踩住石头，这才放开了辛伯莱

泰克。趁着杰罗德去捡石头的工夫，棕仙消失了。

"你不该这样做。"玛洛莉说道。

"我不在乎。"杰罗德将被咬的那根指头含进了嘴里，"我们必须找到西蒙。"

28

　　"这东西管用吗？"玛洛莉问。

　　"试试看。"杰罗德将那块石头举到眼前，望向窗外。

"他们朝我们这边来了。"

第三章

玛洛莉的剑

透过石头上的小圆孔，杰罗德看到了那些地精。它们一共五只，全都长着青蛙一样的脸和惨白的眼珠，根本就没有眼睑；一对光秃秃的耳朵竖在脑后，极像猫耳；而它们口中的牙齿则全都是碎玻璃，或是细碎而又锋利的石头，犹如锯齿一般。几个鼓鼓囊囊的绿色身影正在草坪上敏

捷地移动着，其中一只拖着一只脏污不堪的袋子，剩下的几只正像狗一样在空气中嗅着，直奔马车棚而来。杰罗德从窗前退开，差点被身后的一只破水桶绊倒。

"它们朝我们这边来了。"他低声说着，蹲下身来。

玛洛莉将手中的剑握得更紧了一些，指关节处泛出白色："西蒙呢？"

"没看到他。"

她抬起头来，偷偷看了一眼窗外。"我什么也看不到。"她说道。

杰罗德将那块石头握在掌心，蹲了下来。他已经能够听到外面那些地精的动静，它们的哼哼声和杂乱的脚步声响成一片，越来越近。他再也没有勇气透过那块石头去看外面的情况了。

不久后，隔着马车棚墙壁的旧木头传来了扑

咬的声响。

　　一块石头砸在了窗子上。

　　"它们来了。"杰罗德说着，慌忙将那本图鉴塞进背包里，连带子都没来得及系上。

"来了？"玛洛莉回答，"我觉得它们已经在这儿了。"

马车棚的另外一头也传来了爪子抓挠的声响，窗台下面也开始传来骇人的吠叫声。杰罗德的心里犹如揣了一块铅，沉重无比。

"我们得做点什么。"他低声说道。

"得回家去才行。"玛洛莉同样低声回答道。

"我们做不到。"杰罗德说。那些残缺不全的利齿和爪子在他的脑海中挥之不去。

"只需要再撞破一两块木板，它们就能冲进来了。"

杰罗德茫然地点了点头，僵硬地站起身，笨拙地将那块石头塞进接目镜中，将接目镜戴到头上。接目镜上的鼻夹把他的鼻子夹得生疼。

"听我数数，"玛洛莉说，"一、二、三，冲！"

她猛地推开门，两人立刻朝着主屋拼命地奔

过去。地精们追了过来，几只长着利爪的手抓住了杰罗德的衣服。他奋力挣脱开，继续朝前跑去。

玛洛莉的速度比较快，快要到门口了。可就在这时，一只地精抓住了杰罗德的衬衫后襟，狠狠一拉。他扑倒在草地上，接目镜中的那块石头立刻飞了出去。他赶忙将十指牢牢地插进泥土中，死命扣住，但依然被向后拖去。

他能够感觉到背包的扣子渐渐松开，于是大叫起来。

玛洛莉转过身，朝杰罗德奔了过来。那把剑依然在她手中，但她却看不到敌人究竟在哪里。

地精

杰罗德被向后拖去。

"玛洛莉！"杰罗德大叫道，"别过来！快跑！"

至少有一只地精已经越过他奔到玛洛莉身边了，因为他看到玛洛莉的一条胳膊猛地一甩，惨叫了一声。被爪子抓过的地方立刻出现几道鲜红的伤痕，她脖子上的耳机也已被扯下。她扭腰转身，抽出剑朝空气刺了几下，但似乎没有击中任何东西。随即，她又挥剑下击，但依然什么也没打到。

杰罗德将一条腿狠狠地踢了出去，结结实实地踢在了什么东西上，立刻觉得抓着自己的爪子一松，于是他赶忙往前爬，想将背包从地精手中拉回来。包里的东西撒了一地，杰罗德将那本图鉴给抓在手里，其他的也顾不上了。他又探出手在草地上摸索，找到了那块石头，这才爬到了玛洛莉所站的地方。他把那块石头放到眼前，观察起来。

"六点钟方向。"他叫道。玛洛莉一个转身，剑光一闪，击中了一只地精的耳朵。两人立刻听到了一声哀号。剑身虽然没有开刃，但被击中了也有得那东西受的。

"挥剑低一些，它们要更矮。"杰罗德奋力站起身来，同玛洛莉背靠背地站在了一起。五只地精全都朝着他们围了过来。

其中一只从右侧扑了过来。"三点钟方向。"杰罗德叫道。

玛洛莉轻而易举地将那地精打倒在地。

"十二点！九点！七点！"地精一齐冲了上来，杰罗德觉得玛洛莉很有可能应付不过来，于是举起了那本图鉴，狠狠地朝着离自己最近的那只地精挥了出去。

砰！书本结结实实地击中了对方。玛洛莉也已将另外两只地精狠狠地击倒。此时，地精愤怒

五只地精全部都朝着他们围了过来。

地咬着由玻璃和石头做成的牙齿，更谨慎地向他们包围过来。

突然间，传来一声既似犬吠又似哨声的怪啸。

随即，地精一只接着一只陆续退进了树林中。

杰罗德瘫坐在草地上，喘得上气不接下气，身体一侧疼得厉害。

"它们已经走了。"杰罗德将那块石头递给玛洛莉，"看。"

玛洛莉坐到他身旁，将石头放到眼前："我什么也看不到，不过，一分钟前我也同样什么都没看到。"

"它们有可能还会回来。"杰罗德翻了个身，打开那本图鉴，飞快地翻起来，"看看这个。"

"地精最喜欢结队作恶，行踪飘忽不定。"玛洛莉看到这里，不由得皱起了眉头，"还有——'猫、狗失踪，就是地精光顾该区域的信号。'"

两人互相对视了一眼。"提布斯。"杰罗德说着，不由得打了一个寒噤。

玛洛莉接着念道："地精天生没有牙齿，故而需要寻找动物犬齿、尖利石头以及碎玻璃等物代替。"

"可这上边没有一条提到对付他们的办法呀，"杰罗德说道，"也没有说它们究竟把西蒙捉去了哪里。"

玛洛莉看着书，没有抬头。

杰罗德尽量不让自己去想那些地精究竟会拿西蒙怎么样。它们对待猫和狗的手段是显而易见的，但他不愿相信自己的弟弟也会被它们吃掉。想到这里，他的目光不由得又落在插画中那些令

人不寒而栗的牙齿之上。

肯定不会，肯定还有其他的解释。

玛洛莉深深地吸了一口气，指着那幅插画说："天很快就要黑了，他们生着这样的眼睛，晚上的视力肯定比我们强。"

这一分析太有道理了，杰罗德暗下决心，等到西蒙回来之后，一定要把这一条也加进图鉴里去。他取下接目镜，将那块石头再次装上去，但上面的夹板实在太松，无法将石头卡紧。

"夹板不管用了。"杰罗德说道。

"你得调节一下，"玛洛莉说道，"我们需要螺丝刀之类的东西。"

杰罗德从屁股后面的裤兜里掏出一套瑞士军刀袋，里面有一把螺丝刀、一把小刀、一个放大镜、一把锉刀、一把折叠剪，还有一个空着的地方，原本装的是一支牙签。他将那几块夹板小心翼翼地

拧了下来之后，又将
那块石头装了进去。

　　"来，我们把
它系到你的头上。"
玛洛莉将那两条皮
带打了一个结，拉
紧，将接目镜装置严严
实实地系在了杰罗德的一
只眼睛上面。这样一来，杰罗
德看东西时便要略微眯起眼睛，但
却比先前看得清楚多了。

　　"拿上这个。"玛洛莉说着，递过来一把练
习用的长剑。剑身轻巧而细长，剑尖却并不尖利，
所以这把剑的杀伤力到底如何杰罗德也说不准。

　　不过，手中有了武器，他的心里也就踏实了
许多。杰罗德将那本图鉴塞进背包之中，系紧带子，

是时候去寻找西蒙了。

抓起剑横在身前，然后朝着后山那片幽暗的树林出发了。

是时候去寻找西蒙了。

林子里的空气和外面不一样。

第四章

深潭山精

　　刚踏进那片林子，杰罗德便感觉到一丝凉意。这儿的空气闻起来和外面有些不一样，充满了绿色植物和新鲜泥土的芬芳，但光线比较幽暗。他和玛洛莉一路走在缠结的凤仙花丛中，穿过了一棵棵缠绕着藤蔓的瘦削的林木。头顶传来了鸟儿的啼叫，声音嘶哑，犹如丧钟；脚下满是厚厚的苔藓，树

枝在脚下咔嚓作响。杰罗德还远远地听到了水声。

一只身上带着条纹的小猫头鹰正蹲在一根低矮的枝丫上，啄食着爪下那只软塌塌的小老鼠。

玛洛莉从一丛纠结的灌木丛中硬闯了过去，杰罗德紧随其后。细碎的芒刺钩住了他的衣服和头发。一棵倒伏的大树横在眼前，腐朽的树干上密密麻麻地爬满了黑色蚂蚁，两人小心翼翼地侧身绕了过去。

将那块石头戴妥帖之后，杰罗德眼前的景象同先前大不相同。一切看起来都明亮、清晰了不少。除此之外，杰罗德还有别的发现。高草地和林木之中，不时会有东西闪过，看不大清。不过这是他第一次留意到的东西。一张张像是树皮、岩石或是苔藓的面孔一闪而过，似乎整个森林都活过来了。

"那边。"玛洛莉拨弄着一条被折断的树枝，指着地上那一丛丛被踩踏过的羊齿蕨说道，"地精

去了那边。"

就这样，两人一路追踪着野草上的脚印和断裂的树枝来到了一条小河边。前方的树林看起来更加阴森，暮色四合中，各种声音渐渐多了起来。一群蚊蝇飞到了他们面前，随即又朝着水面嗡嗡而去。

"我们现在怎么办？"玛洛莉问，"你能看到什么东西吗？"

杰罗德在接目镜后眯起眼睛，随后摇了摇头："我们就沿着这条小溪走吧，肯定还会有更多踪迹的。"

他们继续朝树林深处走去。

"玛洛莉。"杰罗德指着一棵参天橡树，悄声提醒。只见树枝上栖息着一些小巧的棕绿色生物，翅膀酷似树叶，但却分明长着一张人脸，她们没有头发，却有青草和花蕾从一颗颗小脑袋上

面冒了出来。

"你在看什么？"玛洛莉举起剑，后退了几步。

杰罗德轻轻地摇了摇头："小仙子……我想应该是。"

"那你脸上的表情干吗那么傻？"

"她们真的是……"他发现自己竟然无法用言语来解释，于是摊开了手掌，掌心朝上，欣喜地盯着一个落在他指尖上的小仙子。那位小仙子还对着他眨了眨漆黑的眼睛，一双柔软的脚掌踏得他的皮肤微微有些痒。

"杰罗德。"玛洛莉不耐烦地说道。

一听到她的声音，那只小仙子立刻跳到了半空中，随即旋转着飞进了枝叶间。

透进林间的斑驳阳光带着淡淡的橙色。前方的溪流突然变得宽阔，从一座石断桥下穿过。

石桥旁堆着从桥上掉下来的乱石。走近那堆

乱石，杰罗德觉得自己身上的汗毛似乎都竖了起来——虽然四下里并不见任何地精的影子。河面异常宽阔，足足有二十来英尺，河流中心一片漆黑，说明这里的水着实不浅。

杰罗德远远地听到了一个声音，像是金属相击发出来的。

杰罗德欣喜地盯着一个落在他指尖上的小仙子。

　　玛洛莉停下脚步，看了看河对面，扬起了头："你听到了吗？"

　　"会是西蒙吗？"杰罗德问。他希望不是，那动静听起来一点儿也不像人类的声音。

　　"我不知道，"玛洛莉说道，"可不管那是什么，或多或少同那些地精有一些关系。我们走！"说完，玛洛莉便朝着声音传来的地方跳了下去。

　　"别去那儿，玛洛莉。"杰罗德说，"那儿水太深了。"

　　"别这么孩子气。"她说着便蹚进了那条小河。在奋力跨了两大步之后，她突然犹如在悬崖边一脚踏空了一般掉了下去，暗绿色的河水立刻没过了她的头顶。

　　杰罗德连忙扔下手中的长剑，冲上前去将一只手探进了刺骨的河水之中。玛洛莉随即浮了上来，于水花四溅中抓住了他的胳膊。

　　杰罗德将玛洛莉拖上岸，拖到一半时，她身后的水面突然冒出了什么东西。刚开始，犹如从水底升上来一座小山，上面布满石头和青苔。接着，一颗脑袋出现在了水面上，脸上带着水草腐烂过后的暗绿，还有一对小小的黄色眼睛，以及犹如树枝一般弯曲虬结的鼻子，一张巨口中长着一排残缺不全的牙齿。一只手朝他们伸了过来，手指长如树根，指甲上面满是黝黑的污泥。一股水底特有的恶臭带着腐朽枝叶的气息和陈腐淤泥的刺鼻味道，立刻朝着杰罗德扑了过来。

　　他发出一声尖叫，脑海中一片空白，呆立在原地。

　　玛洛莉奋力爬上了岸，回头看了看："什么东西？你看到什么了？"

　　听到她的话，杰罗德这才惊醒过来，拽着她跌跌撞撞地离开了那条小河。"山精。"他气喘

水中浮起了一个怪物。

山精

吁吁地说。

那头怪物朝着他们扑了过来，长长的手指慢慢地穿过了水草，离他们近在咫尺。这时，怪物惨叫一声，杰罗德赶忙回过头去看，却没明白发生了什么。接着，那怪物又朝着他们摸了过来，但长长的手指刚一接触到阳光就马上缩了回去。怪物再次叫了起来。

"阳光，"杰罗德说道，"它被阳光灼伤了。"

"太阳就要下山了，"玛洛莉回答，"我们快走。"

"等……等。"那怪物低声说道，声音异常

轻柔。

一双浑浊的黄色眼睛一动不动地注视着他们。

"回……来……我……有好东西给你……们。"山精伸出了一只紧握着的手，好像手掌之中真握着什么东西。

"杰罗德，快走。"玛洛莉几乎是在恳求，"我看不到正在和你说话的东西。"

"你看到我弟弟了吗？"杰罗德问。

"也……许……吧……刚才我还听到什么动静来着，但太亮了，亮得我看不清楚。"

"那就是他！肯定就是。他们去哪儿了？"

那颗脑袋朝着石桥那边晃了晃，随即又转向了杰罗德："过来一点……我告诉你。"

杰罗德退后了一步："不可能。"

"至……少……过……来……拿……你……的……剑。"那山精指了指他身旁的那柄长剑，

它正躺在岸上，躺在刚刚杰罗德抛下它的地方。杰罗德看了看玛洛莉，此时她也是两手空空，想必她的剑已经沉到河底了。

玛洛莉往前迈了半步："那可是我们唯一的武器。"

"过……来拿……啊。你要……是不……放……心，我把眼……睛闭……上。"怪物用硕大的手掌捂上了双眼。

玛洛莉看着淤泥中的那把剑，她的眼神让杰罗德非常焦急。她正在考虑试一试去拿那把剑。

"你又看不见它，"杰罗德小声说，"我们走。"

"可那把剑……"

杰罗德解下接目镜，递给了她。当她看到一只巨人般的怪物正被困在一片逐渐暗淡下去的阳光之间，透过指缝偷偷看着自己时，她的脸色霎时变得惨白。

"快走。"她浑身颤抖地说道。

"别……走……"那山精叫道,"回……来。我甚……至可……以转……过……身……去。我数……到十。这可……是一个好……机……会。回……来……"

杰罗德和玛洛莉一口气穿过了树林,发现一片被阳光照到的地方之后,停了下来。两人一起靠在一棵粗壮的橡树上,呼呼直喘粗气。玛洛莉浑身都在颤抖,杰罗德不知道她颤抖的原因是因为她浑身湿透了,还是被那头山精给吓坏了。他解开自己的毛衫,脱下来递给了她。

"我们迷路了。"玛洛莉上气不接下气地说道,"而且还赤手空拳。"

"至少我们知道地精过不了那条小溪。"杰罗德颤抖着双手，将接目镜又戴回到自己的头上，"不然那头山精肯定也会抓住它们的。"

"可那些声音分明在河对岸。"玛洛莉踢了树一脚，踹下了一块树皮。

杰罗德突然闻到了一股东西被烧焦的味道，非常微弱，但他觉得像是毛发烧过后的气味。

"你闻到了吗？"杰罗德问。

"那边。"玛洛莉说。

两人从灌木丛中溜了过去，丝毫没理会树枝的刮擦以及荆棘在胳膊上留下的伤痕。杰罗德满脑子想的都是自己的弟弟。

"快看这个。"玛洛莉突然停了下来，将手探进草丛中，捡起一只棕色的鞋子。

"是西蒙的。"

"我知道。"玛洛莉说着，将它翻了过来，

玛洛莉捡起一只棕色的鞋子。

然而上面除了淤泥，并没有其他线索。

"你不会以为他已经……"杰罗德实在是说不下去了。

"不，我没有！"玛洛莉将那只鞋塞进了自己身前的毛衫口袋中。

杰罗德慢慢地点了点头，努力让自己相信玛洛莉的话。

前方不远处，林木开始稀疏起来。他们来到了一条高速公路上。黑色的沥青路面一直延伸到地平线，身后，一轮夕阳正燃烧着紫色和橙色的火焰。

路的一侧，远远地有一群地精正簇拥在火堆旁。

压扁的汽水罐犹如阴森可怕的风铃。

第五章

地精老巢

　　杰罗德和玛洛莉在树干后躲闪着前行，小心翼翼地朝着地精的营地靠了过去。碎玻璃渣和被啃过的骨头在地上发出惨白的光。高高的树上，一些用刺藤、塑料袋和其他垃圾编织而成的笼子映入了他们的眼帘。压扁的汽水罐被穿成一串挂在树枝上，犹如阴森可怕的风铃。

十只地精围坐在火堆旁，一具已被烤得黝黑的尸体被穿在一根棍子上转动着，像是一只猫。时不时会有一只馋嘴的地精凑过去，舔上一口焦黑的肉，惹得那只正在转动烤肉叉的地精大声吼叫。随即，所有的地精都附和着吼了起来，叫声顿时响成一片。

几只地精开始唱歌，歌词让杰罗德打了一个寒噤：

> 费迪罗，费迪莱，
>
> 抓条狗，捉猫来。
>
> 活剥皮，我最爱，
>
> 刮刮油，让你来。
>
> 穿上钎，还不坏，
>
> 转一转，真不赖。
>
> 费迪罗，费迪莱！

"活剥皮，我最爱，刮刮油，让你来。"

汽车在公路上呼啸而过，对这边的情形浑然不觉。也许妈妈这时候也正开车往家赶，杰罗德暗想。

"多少只？"玛洛莉举着一根粗大的树枝，小声问道。

"十只。"杰罗德回答道，"我没有看到西蒙，他肯定被关在笼子里。"

"你肯定吗？"玛洛莉朝着地精眯起了眼睛，"把那东西给我。"

"现在还不行。"杰罗德说。

随即，他们在林木间慢慢移动着，寻找一只能够容下西蒙的笼子。不知什么东西叫了一声，声音凄厉而高亢。他们悄悄地溜到了森林边上。

地精营地那边，一只动物正躺在公路旁，它足足有一辆汽车般大小，却缩成了一团，鹰头狮身，腰下正流着血。

"你看到什么了？"

"狮鹫，"杰罗德说道，"受伤了。"

"什么是狮鹫？"

"是一种鸟，一种……不管了，离它远点儿就是。"

玛洛莉叹了一口气，朝着树林深处摸去。

"那儿，"她说道，"那些笼子怎么样？"

杰罗德抬头看了看，只见高处有几只笼子比其他的大得多，而且他觉得自己依稀看到了一个人影——是西蒙！

"我可以爬上去。"杰罗德说道。

玛洛莉点了点头："快点儿。"

杰罗德用脚踩着树干上面的浅坑，爬到了第一个枝丫处。随即，他奋力把身体往上拉，沿着那条挂着小笼子的树干爬了上去。只要他能站到那条主枝上，便能看到高处的笼子了。

就这样，杰罗德一寸寸地缓缓向前爬去，期间忍不住向下看了看。他看见身下的笼子中，分别露出了松鼠、猫和鸟类的身影。其中一些正在抓咬笼子四周的围栏，其他的则一动不动。而其中几只笼子里只剩下阴森的白骨，笼子里垫着树叶，杰罗德强烈怀疑那是毒常春藤的叶子。

"嘿，乳臭未干的小猫咪，这边。"

杰罗德一惊，差点松手掉了下去。这声音是从其中一只大笼子中传来的。

"谁在那边？"杰罗德悄声问道。

"我是猪猪哼。帮我打开这扇门怎么样？"

杰罗德又看到了一张地精特有的蛙脸，只是眼前这个生着绿色的猫眼，穿着衣服，口中的牙齿既不是玻璃也不是金属，看起来反倒有几分像是**婴儿**的乳牙。

"我可不干，"杰罗德说道，"你大可以安心

地在这儿生根，我是不会放你出来的。"

"别这么无情无义，甲虫脑袋。要是我喊上一嗓子，那些家伙就会把你当点心给吃喽。"

"我敢打赌你一直就没消停过，"杰罗德说道，"我还敢打赌它们不会相信你的话。"

"嘿！快看啊——"

杰罗德一把抓住笼子的边缘，将它给拉了过来。猪猪哼立刻安静了下来。树下，地精正在互相扇着耳光，争抢着猫肉，打得不亦乐乎，明显没有注意到树上的叫嚷声。

猪猪哼

"好啦，好啦。"杰罗德说道。

"放我出去！"地精要挟道。

"我要找我弟弟。告诉我他在哪儿，然后我才能放你出来。"

"不可能，小屁孩。你把我当成一条恶心又愚蠢的蚯蚓了？快放我出去，不然我又要叫了。"

"杰罗德！"西蒙的声音从下方树枝上的一只笼子中传了上来，"我在这儿。"

"我来了。"杰罗德应了一声，赶忙转向了声音来源的方向。

"打开这扇门，不然我可要叫了。"猪猪哼威胁道。

杰罗德深深吸了一口气："你不会叫的。你要是叫了，它们会抓住我，这样就不会有人放你出来了。我先去找我弟弟，然后再回来放你出去。"

杰罗德慢慢地往树枝下方爬去，眼见得猪猪哼乖乖地闭上了嘴巴，他松了一口气。

　　西蒙被塞进一只狭小的笼子当中，双膝顶着胸膛，一只脚尖探出笼外，裸露在外的皮肤被缠在笼子上的刺藤刺得伤痕累累。

　　"你没事吧？"杰罗德一边问，一边掏出小折刀，开始割笼子上的藤结。

　　"我没事。"西蒙的声音有些颤抖。

　　杰罗德很想问问西蒙有没有找到提布斯，但又怕听到结果。"对不起，"他只好说，"我应该帮你找小猫的。"

　　"没事。"西蒙说着，从杰罗德奋力打开的门中挤了出来，"可我得告诉你——"

　　"乌龟脑袋！小子！废话够了！放我出去！"猪猪哼又叫了起来。

　　"来吧，"杰罗德说道，"我答应过会帮它的。"

　　西蒙跟着自己的孪生哥哥，沿着树枝爬到了猪猪哼的笼子前。

"你没事吧？"

"里边是什么？"

"我觉得是一只地精。"

"地精！"西蒙惊呼了起来，"你疯了？"

"我可以往你眼睛里吐口水。"猪猪哼毛遂自荐。

"恶心！"西蒙说道，"不了，谢谢。"

"它能给你'目力'，榆木脑袋。给。"猪猪哼说着，从口袋里掏出一块手帕，在上面吐了口水后递了出来，"擦到你们的眼睛上。"

杰罗德犹豫了起来。他能相信一只地精吗？不过话又说回来了，猪猪哼要是胆敢做什么对自己不利的事，那它就只能等着把笼底坐穿了，西蒙是绝对不会放它出来的。

杰罗德摘下接目镜，将那块令人作呕的破布在双眼上擦了擦，眼睛立刻刺痛了起来。

"呃，这是我这辈子见过的最恶心的事情

了。"西蒙说。

杰罗德眨了眨眼，望向了火堆旁的地精那边。没有了那块石头，他依然能够一清二楚地看到他们。"西蒙，管用！"

西蒙怀疑地看了看那块布，往自己的双眼上也抹了一些地精口水。

"我们这算是达成交易了，对不对？放我出去。"猪猪哼再次要求道。

"首先，你得告诉我你是怎么进来的。"杰罗德说。猪猪哼能将手帕给他们，确实也算是好心，但也可能是一个陷阱。

"尖脑袋，你还没完没了了！"那只地精嘟囔道，"我是因为放走了一只猫才被关到这儿来的。你看，我喜欢猫，并不是因为它们很美味，它们确实很好吃，这一点是不会错的。可它们也长着和我一样的眼睛，这一点真是太讨厌了。而且那

76

只猫真的很小，没什么肉。还有，它喵喵叫唤的声音真是可爱死了。"地精陷入了回忆之中，随即又突然盯着杰罗德，"我已经说得够多的了。放我出去。"

"那你的牙齿呢？你有没有吃过小孩？"杰罗德还是觉得地精所讲的故事有些不大可靠。

"这算是什么？审问吗？"猪猪哼发起了牢骚。

"我是想救你。"杰罗德靠近了一些，开始

割笼子上那些复杂的藤结，"可我还是想弄明白你的牙齿到底是怎么回事。"

"这个吗？小孩都会有那种古怪的想法，把牙齿放到枕头下面，明白了吗？"

"你偷小孩的牙齿？"

"拜托，傻小子，别告诉我你相信那些关于牙齿的童话！"

杰罗德没再说话，笨拙地忙活了起来。当最后一个藤结被锯到一半时，那只狮鹫又开始厉啸起来。

四只地精手执削尖的木棍，将狮鹫围了起来。虽然那只怪兽几乎连头都抬不起来了，但那些地精若是靠得太近，它的喙还是有一定杀伤力的。果不其然，一只地精的胳膊被它的鹰喙给硬生生地撕了下来。受伤的地精一声惨叫，同时再次出手，将手中的棍子插向了那只狮鹫的后背。其余

的地精立刻欢呼起来。

"它们在干什么？"杰罗德低声问道。

"你觉得看起来是在干什么？"猪猪哼回答道，"它们正在等着它死去。"

"狮鹫要被杀死了！"西蒙咆哮了起来。只见他怒目圆睁，盯着血腥的场面。杰罗德意识到自己的弟弟还是第一次看到这一切。突然间，西蒙从他们所站的树上折了满满一把枝叶，朝着下面的地精掷去。

"西蒙，住手！"杰罗德赶忙叫道。

"别碰它，你们这些笨蛋！"西蒙叫道，"**别碰它！**"

那一刻，所有的地精全都抬起头来。黑暗中，只见它们一双双鬼魅般的眼睛反射出阴惨惨的白光。

火苗立时变成了蓝色。

第六章

艰难抉择

"放我出去！"猪猪哼咆哮起来。杰罗德手上猛地用劲，割断了最后一个藤结。

猪猪哼跳上树枝后，立刻手舞足蹈了起来，丝毫没将下面正朝着它狂吠的地精放在眼里。此时，地精已经将这棵树团团围住。

杰罗德环顾四周，想寻找一件武器，但唯一

能够用上的似乎只剩他手中的这把小刀了。西蒙又折下一些树枝，猪猪哼则转过身去，像猴子一般从这棵树跳到那棵树上，一溜烟地跑了。杰罗德和自己的弟弟就这样被抛弃，陷入了绝境。要是他们试图下地的话，那些地精肯定会一拥而上的。

　　而玛洛莉正独自在昏暗之中等待。她什么都看不到，唯一能够保护她的只有身上所穿的那件红毛衫了。

　　"笼子里边的那些动物怎么办？"西蒙问。

　　"没时间了！"

　　"嘿，狗崽子们！"杰罗德听到猪猪哼喊了一嗓子，赶紧朝着声音的方向看了过去，这才明白过来，猪猪哼并不是在对他们说话。只见此时的它正手舞足蹈地围着那堆篝火转着圈，还一边不停地将大块焦黑的猫肉塞进口中。

　　"笨锤子！"它朝着其他地精大呼小叫了起

来，"棒槌脑袋！花生仁！榆木疙瘩！驴粪蛋！"
它仰起上身，朝着那堆火便是一泡尿，火苗立时
变成了蓝色。

树下的地精转过身来，直奔猪猪哼而去。

"行动！"杰罗德说道，"现在！"

西蒙飞快地朝着树下爬去，离地面很近时，
他直接跳了下去。伴随着轻柔的噗的一声，他落
在了地面上。杰罗德紧跟着也落在了他身旁。

玛洛莉一把抱住了他们俩，但并没有放下手
中的棍子。

"我能听到那些地精就在附近，但却什么也
看不到。"她说道。

"把这个戴上。"杰罗德将接目镜递给了她。

"你更需要。"她反对道。

"快！"杰罗德说道。

令他意外的是，玛洛莉没再废话，而是听话

地戴上了它。随后，她将手探进毛衫口袋，把西蒙的鞋掏出来递给他穿上。

他们朝着树林深处奔去，但杰罗德忍不住回头看了看。此时，猪猪哼就像之前的那只狮鹫一样，被严严实实地围了起来。

他们不能就这样扔下它不管。

"嘿！"杰罗德叫道，"这边！"

那些地精转过头来看到三个孩子，于是掉头朝着这边追了过来。

杰罗德、玛洛莉和西蒙开始一路狂奔。

"你疯了吗？"玛洛莉叫道。

"那只丑八怪在帮我们。"杰罗德大声回答道。他不大确定玛洛莉是否听清了自己在说什么，因为说这话时他实在是喘得太过厉害。

"我们这是要去哪儿？"西蒙叫道。

"小河。"杰罗德回答。他飞快地思考了起来，

大脑比这辈子任何时候转得都要快。那头山精是他们唯一的机会。他敢断定对方肯定能轻轻松松地拦下十只地精。不过，他拿不准自己到底能不能从山精手里逃出去。

"我们不能去那边。"玛洛莉说。杰罗德并没有听她的。

只要他们能够跳到河里就行了。那些地精并不知道那儿有一头怪兽正在等着它们。

身后的地精一时半会儿还追不上来，不可能知道接下来会发生什么。

就快到河边了。杰罗德已经能够看到前方的小河，但他们并没有朝断桥的方向跑。

这时，眼前的一幕让杰罗德如同坠进了冰窖：山精已从水中走出，它正站在岸边，眼睛和利齿在月光下闪着寒光。那怪物驼着背，杰罗德估计它至少有十英尺高。

山精正站在岸边。

"我……可……真……是……幸……运。"
那怪物说着，朝他们这边探出了一条长长的胳膊。

"等等。"杰罗德说道。

那怪物朝着他们这边移动着，脸上慢慢露出了一丝迟钝的微笑，露出了一口残缺不全的牙齿。它绝对是有些迫不及待了。

"听到声音了吗？"杰罗德问，"那是地精。十只肥肥胖胖的地精。它们可比三个皮包骨头的小孩好吃多了。"

那怪物犹豫了。图鉴上说，山精的脑袋都不太灵光。杰罗德希望那是真的。

"你唯一需要做的，就是回到水里，我们会把它们引到你面前来的。我向你保证。"

贪婪的目光从那怪物的两只黄色眼睛之中射出来。"好……啊。"它说道。

"快！"杰罗德说道，"它们就快到了！"

怪物滑入水中，水面上随即只剩下一圈涟漪。

"那是什么？"西蒙问。

杰罗德浑身都在颤抖："快跳到河里去，那儿比较浅。我们必须引它们追到水里去。"

"你疯了？"玛洛莉问道。

"求你了，"杰罗德恳求道，"相信我。"

"我们总得做点什么！"西蒙说。

"好吧，我们走。"玛洛莉跟着两个弟弟朝着满是淤泥的河岸奔过去，一边跑一边摇头。

地精从树林中冲了出来。杰罗德、玛洛莉和西蒙在浅水中涉水前进，避开了河中心的深坑，沿"之"字形跑向了对岸。想要追上他们，最快的办法便是直接从河中央穿过，切断他们的退路。

杰罗德听到身后传来了地精入水的声响以及凶狠的吠叫声。随即，吠叫变成惨叫。杰罗德回过头，看到几只地精正屁滚尿流地回头朝岸上逃

去。那头山精将它们悉数抓住，拖进了自己的水域，开始撕咬、甩动。

杰罗德再也看不下去了，他一阵恶心，胃里开始翻腾。

西蒙一脸惨白，也像是要吐出来的样子。

"我们回家吧。"玛洛莉说。

杰罗德点了点头。

"我们不能走，"西蒙说道，"那些动物怎么办？"

头顶，一轮满月高悬。

第七章

绝世宠物

"你肯定是在开玩笑。"当西蒙解释完自己想干什么之后,玛洛莉如此评价。

"要是我们不救它们的话,它们会死的,"西蒙坚持说,"那只狮鹫正在流血。"

"还有那只狮鹫?"杰罗德对于营救猫的行为是能够理解的,可连狮鹫也要救吗?

"我们怎么帮得了那东西？"玛洛莉问道，"我们又不是专治精灵的兽医！"

"我们必须试试。"西蒙坚定地说道。

杰罗德对西蒙暗存愧疚之心，毕竟西蒙也没少帮他："我们可以把马车棚中那块旧油布拿过来。"

"没错，"西蒙附和道，"那样我们就可以把那只狮鹫拖回马车棚了，反正我们有的是房间。"

玛洛莉翻了一个白眼。

"那也要它愿意，"杰罗德说道，"你也看到它是怎么对待那只地精了吧？"

"拜托啦，伙计们，"西蒙恳求道，"我一个人拖不动。"

"好吧，"玛洛莉说道，"可别想让我离它的脑袋太近。"

于是，杰罗德、西蒙和玛洛莉一起回到了那

间马车棚。头顶上一轮满月高悬，将林间的道路
照得一清二楚，可他们依然走得异常谨慎，特地
选择一处只有涓涓细流的地方，蹚过了那条小河。
来到草坪边上，杰罗德看到主屋的窗户中透出了灯
火，妈妈的车子也正停在碎石铺的车道之上。她正
在做晚饭吗？她是不是已经给警察打过电话了？
杰罗德很想进屋告诉妈妈他们都很好，但又不敢。

"杰罗德，快点儿！"西蒙拉开了马车棚的门，
玛洛莉将那块油布从那辆老旧的汽车上往下拖。

"嘿，看这个。"西蒙从其中一个架子上捡
起一支手电筒，啪地打开了开关。幸运的是，并
没有光束射到草坪之上。

"电池肯定早就没电了。"杰罗德说道。

"别闹了，"玛洛莉告诉他们，"我们可**别**被
抓到。"

三人合力将那块油布拖到树林中。这次，他

93

们走得越发小心了，一路上还针对哪条路最近争论了不少次。杰罗德有些草木皆兵的感觉，黑暗中传来的任何响动都会吓他一大跳。此时，就连青蛙的呱呱声，听来也很诡异。他总是忍不住想，黑暗中还会藏着什么东西，说不定会藏着一些比地精和山精还要邪恶的怪物。想到最后，他摇了摇头，安慰自己一个人不可能在一天之内倒霉到那个地步。

当他们终于再次找到地精营地时，杰罗德惊讶地发现猪猪哼正坐在火堆旁，一边舔着骨头，一边心满意足地打着饱嗝。

"我看你过得还挺不错的嘛。"杰罗德说道。

"这就是你们跟一个刚刚救了你们小命的人的说话方式吗？"

杰罗德刚想反驳——他们为了救这只愚蠢的地精，也差点送了性命——不过玛洛莉抓住了他的胳

膊。

　　"你去帮西蒙救那些动物，"她说道，"我来盯着地精。"

　　"我不是地精，"猪猪哼说道，"我是一个**淘气精**。"

　　"随便。"玛洛莉说着，在一块岩石上坐了

下来。

西蒙和杰罗德爬到树上，将笼中的动物全都给放了出来。大多数动物一出笼便忙不迭地沿着最近的树枝往下爬去，或是干脆直接跳到地面上，就像是将这两个男孩也当成了令它们闻风丧胆的地精，唯独一只小猫咪瑟缩在笼子后面，可怜巴巴地叫着。杰罗德一时不知道该怎么办才好，只好将它放进了背包，继续行动。但四下都不见提布斯的影子。

西蒙看到那只小猫咪时，坚持要留下它。杰罗德多么希望他有了这只小猫后，可以不再去想那只狮鹫的事了。

看到那只小猫时，杰罗德觉得猪猪哼的目光似乎柔和了下来，但这也有可能是那家伙肚里的馋虫在作祟。

等到笼子都空了，三姐弟和那只淘气精一起

来到那只狮鹫面前，它正警惕地看着他们，探出了爪子。

玛洛莉将自己抬着的那一角油布扔到了地上："大家都知道的，受了伤的动物攻击性很强。"

"也不一定，"西蒙说着，张开双臂朝着那只狮鹫走去，"它们也许会任由你照顾。我有一次就发现过那样一只老鼠，它是在稍好了一些之后，才咬了我一口。"

"只有一群脑子进了水的小屁孩才会去惹一只受了伤的狮鹫哩。"猪猪哼说着，咔嚓一声嗑开了一根骨头，吮吸着里边的骨髓，"你们想让我帮你们

狮鹫

抱着那只小猫咪吗？"

玛洛莉皱着眉头："你是想随着你那些朋友葬身河底吗？"

杰罗德笑了起来，有玛洛莉在身边的感觉可真好。

这让他想到了什么："既然你那么慷慨，也给我姐姐来上一点地精口水怎么样啊？"

"是**淘气精**口水。"猪猪哼傲慢地说道。

"天哪，谢了，"玛洛莉说道，"可我用不着。"

"不，你看——它会让你获得'目力'。而且那也是有一定道理的，"杰罗德说道，"我的意思是，要是精灵的洗澡水管用的话，那这个应该也可以。"

"这种事情想想就觉得恶心。"

"好啊，这可是她自己要那样想的。"猪猪哼竭力装出一副被冒犯了的样子，但杰罗德觉得它表演得并不算成功，因为它说这话时，还在舔

着那根骨头。

"你就答应吧，玛洛莉。你总不能一直在头上戴着那块石头吧？"

"说得倒是轻松，"她答道，"你甚至连那口水的功效到底能持续多长时间都不知道。"

杰罗德还真没考虑过这事，于是只好将目光转向猪猪哼。

"除非有人戳瞎你的眼睛。"那只地精说道。

"哇，那太好了。"杰罗德努力控制着谈话的方向。

玛洛莉叹了一口气："好吧，好吧。"她跪了下来，摘下接目镜。猪猪哼满意地吐了一大口口水。

杰罗德注意到西蒙已经走到那头狮鹫身旁，此刻正蹲在地上，同它轻声说着什么。

"你好，狮鹫，"西蒙温柔地说道，"我不会

伤害你的。我们是来帮你，让你尽快好起来的。来吧，乖乖的。"

狮鹫发出了一声呜咽，像是水壶烧开时的哨音。西蒙轻轻地拂了拂它的羽毛。

"去把油布铺好。"西蒙悄声说。

狮鹫轻轻地站起来，张开喙。西蒙的安抚似乎让它放松了下来，它再次将头垂到了沥青路面上。

趁这会儿工夫，他们在它身后将油布铺好。

"我不会伤害你的。"

西蒙跪在狮鹫的脑袋旁，轻柔地说着安慰的话语。狮鹫似乎听懂了，羽毛微竖，就像是西蒙的低语声让它觉得身上有点痒痒的。

玛洛莉悄悄溜到一侧，轻轻地抓住了它的两只前爪，而杰罗德则抓住了后面那两只。

"一、二、三。"两人轻轻数数，随即将那只狮鹫翻到了油布上。它嘎嘎叫了几声，蹬了几下腿，躺到了油布之上。

接着，他们将狮鹫尽量抬离地面，开始了拖着它朝着马车棚进发的艰难旅程。狮鹫比预想中的要轻，西蒙猜测这是因为它的骨头也像鸟类一样，中间是空的。

"再会，傻孩子们。"猪猪哼在他们身后叫道。

"改天见。"杰罗德回叫道。他有些希望这只淘气精能够跟着他们一起回去。

玛洛莉翻了个白眼。

　　一路上，狮鹫并不算享受。他们并不能将它抬离地面多少，因此每当碰到土包或是灌木丛时，他们便只好将它直接从上面拖过去。每逢这时，它便会尖叫连连，扑棱起那只未受伤的翅膀。于是，他们只好停下来，等西蒙将它安抚好之后，再继续拖着它前行。回家的路十分漫长。

　　一回到马车棚，他们便将屋后的两扇门全都打开，把那只狮鹫拉进了其中一间马厩，安置到一堆旧稻草上。

　　西蒙跪下身来，借着月光，用软管中的水给狮鹫清理伤口。杰罗德找来一个水桶，装满水后提给狮鹫喝。它心怀感激，大口大口地喝了起来。

　　玛洛莉也没闲着，她找来一床被虫蛀过的毯子，盖在了狮鹫身上。它的伤口被包扎好了，看起来温顺了许多。就这样，它有点昏昏欲睡了。

　　尽管杰罗德觉得将一只狮鹫带回这儿确实是

在马车棚

一件疯狂的事情，但他还是不得不承认，自己或多或少也对它产生了一些感情。终归是要比对那猪猪哼的感情多上一些的。

等到杰罗德、西蒙和玛洛莉一瘸一拐地走到家门口时，夜已经很深了。由于掉进河中的缘故，玛洛莉的衣服此时依然潮乎乎的，而西蒙的衣服则几乎被撕成了布条；杰罗德的裤子上还沾着不少青草的汁液，双肘处也还留着在树林中逃命时留下的擦伤。不过，那本书和接目镜都在，西蒙也正抱着那只太妃糖颜色的小猫咪，大家都还活着。从杰罗德的角度来说，这是一个巨大的胜利。

走进家门时，妈妈正在打电话，脸上满是泪痕。"他们回来了！"她挂断电话，瞪了他们一会儿，

"你们到底去哪儿了？现在已经凌晨一点了！"
她将手指向了玛洛莉，"你怎么能这么不负责任？"

玛洛莉看向杰罗德，另外一侧的西蒙也正眼
巴巴地看着他，将那只小猫往胸前搂了搂。杰罗

闯入精灵王国

德这才突然意识到，原来他们都在等着他编一个借口出来。

"嗯……一只猫上了树。"杰罗德开始了，西蒙给了他一个鼓励的笑容，"就是那只猫。"杰罗德朝着西蒙怀中的那只小猫示意了一下，"你看，西蒙爬上了那棵树，但那只小猫被吓坏了，爬向了更高处，西蒙被卡住了。于是我跑回来叫玛洛莉帮忙。"

"我也试图爬上树去。"玛洛莉主动补充道。

"对，"杰罗德说道，"她爬了上去。但那只猫又跳到了另外一棵树上，西蒙想跟过去，但树枝断了，他掉进了小河里。"

"可他的衣服并没有湿。"妈妈皱起了眉头。

"杰罗德的意思是**我**掉进了小河里。"玛洛莉说道。

"我的**鞋子**也掉进了水里。"西蒙说。

107

"对，"杰罗德说道，"然后西蒙抓到了那只小猫，但我们又得确保在他不被抓伤的情况下，把他给弄下来。"

"花了好长时间。"西蒙说。

妈妈给了杰罗德一个异样的目光，但并没有大喊大叫："这个月余下的时间，你们三个都被关禁闭了。不准出去玩，不准再找任何借口。"

杰罗德张了张口，想要争辩，但一个字也说不出来。

三个人一起上楼时，杰罗德说："对不起，我还以为那是一个会让人同情的借口。"

玛洛莉摇了摇头："你也没太多可以说的。你又不能告诉她真相。"

"那些地精是从哪儿来的？"杰罗德问，"我们还不知道它们到底想要什么。"

"图鉴，"西蒙说道，"一开始我就想告诉你

来着。它们以为图鉴在我那儿。"

"这怎么可能？它们怎么知道我们找到了图鉴？"

"不会是辛伯莱泰克出卖了我们吧？"玛洛莉问。

杰罗德摇了摇头："最不想让我们去碰那本书的就是他。"

玛洛莉叹了一口气："那这又是怎么回事？"

"万一是某个人一直在盯着我们，等着我们找到那本书呢？"

"某个人或是某种东西。"西蒙不无担忧地补充道。

"为什么呀？"杰罗德声音比自己想的略高一些，"这本书有什么要紧的？我的意思是——那些地精甚至都不识字呢！"

西蒙耸了耸肩："它们并没有说到底是为什么，

就是想把那本书弄到手。"

"辛伯莱泰克说得没错。"杰罗德打开了和孪生弟弟共用的那个房间的门。

西蒙的床上整洁利落，床单被褥整整齐齐，枕头也鼓鼓胀胀的。可杰罗德这边却完全是一团糟：床垫挂在床架上，上面沾满了羽绒和被子当中的填充物，床单被撕成了布条。

"辛伯莱泰克！"杰罗德说道。

"我告诉过你了，"玛洛莉说道，"你不应该硬抢那块石头的。"

第二本
完结

托尼·迪特里兹

　　《纽约时报》畅销榜作家，曾以《泰德、吉米·臧沃月亮派超时空历险记》一举斩获齐纳·萨瑟兰大奖，并负责《托尼·约翰斯顿的外星人和负鼠》的插画创作。近来，他所操刀的由玛丽·豪伊特经典著作《蜘蛛和苍蝇》改编的电影作品，更显其才华横溢，拿下了凯迪克奖。此外，托尼的艺术创作还为许多名家名作增色不少，其中不乏以下这些家喻户晓的名字：J. R. R. 托尔金、安妮·麦卡弗里、彼特S.比戈、格雷格·贝尔以及由巫师海岸出品的《万智牌》。他和他的妻子安吉拉，同他们的哈巴狗地精一起生活在马萨诸塞州的阿默赫斯特。拜访托尼请点击 www.diterlizzi.com。

霍莉·布莱克

作为一个民间逸闻趣事的狂热搜集者，霍莉·布莱克早些年曾在一栋维多利亚风格的宅邸之中生活过。正是在那儿，母亲所讲述的那些鬼怪故事以及关于精灵的书，成了她唯一的精神食粮。因此，她的第一本小说《标题：现代神话》便充满了神秘的精灵世界的艺术气息。该书在 2002 年秋季刚一出版，便受到了两家主流杂志的好评，并获得了美国图书馆协会授予的"最受青少年喜爱的图书"称号。她现在同丈夫希尔一起生活在新泽西州的西朗布兰奇。拜访霍莉请移步 www.blackholly.com。

托尼和霍莉目前仍在夜以继日地同愤怒的精灵和地精们周旋着，为的是给你奉上更为精彩的格雷斯姐弟的故事。

坏了，

斯派德威克老宅当中，

噩耗接踵而来，

气氛骤然紧张。

马形怪

林子里，

又出现了这样一个怪物。

他的胡言乱语，

你能听得懂吗？

或者，

这个又高又帅的森林精灵，

值得信任吗？

你有那个胆量吗？

叶角精灵

请打开第三册，

答案就在那儿。

露辛达的秘密